JN094378

ここに素敵な
ものがある

リチャード・ブローティガン＝著
中上哲夫＝訳

百万年書房

ここに素敵なものがある

この詩集の何篇かは、最初、以下に発表された。「マドモアゼル」「ハーパーズ・マガジン」「ブルー・スエード・シューズ」「ザ・ワールド」「マーク・イン・タイム」「カリフォルニア・リビング」「フェイブ・ポエムズ」(セレンディピティ・ブックス)「エスクァイア」「クリア・クリーク」「シティライツ・アンソロジー」「ザ・コウイヴォリューション・クオータリー」

ジム・ハリソンとギー・ド・ラ・ヴァルデーヌに
《友情》をこめて

目次

＊は訳註である

本書は、『リチャード・ブローティガン詩集　突然訪れた天使の日』（中上哲夫・訳／思潮社／一九九一年）に、同訳者による全面的な改訳を施し、思潮社版では削除されていた三篇の詩を追加し、注釈を増やし、詩の並び順も再吟味した《完全新訳版》です。

葉書と自伝

熊手でもって積み上げた山藍(やまあい)で

熊手でもって積み上げた山藍で
きみのトラックは溢れんばかりだ。きみのことを
誇りに思っている近所の人たちが、
感心して見ているよ。

＊山藍は、灯台草科の多年草で、有毒。

一月~~四~~三日

きょうは出だしをまちがえた
だけどもっとうまくやって
ちゃんとした一日にしようと思うんだ。

訓練をするときがきた

ふたたびひとりで寝る
訓練をするときがきた、
だけど糞てんでむつかしいぜ。

「いい出来だ」と彼はいった、そして

「いい出来だ」と彼はいった、そして
そのドアから出ていった。なんの
出来なのだ？　ぼくらはその男に一度も会ったことは
なかった。ドアなんかなかったのだ。

葉書

御年八十四歳のカーネル・サンダースはフライド・チキンの
話をしながらアメリカ中を旅して回っているけれど
うんざりすることはないのかしらん。

＊カーネル・サンダースは世界的なファーストフード・チェーンの
ケンタッキー・フライド・チキンの創始者。つまり、店の前に杖
をもって立っている、あの白髪白髭の老人である。一九八〇年、
九十歳で亡くなった。

報告

いまぼくが考えていることなんて
みんな糞にもならない、なにしろ頭がてんでいかれて
いるからさ。

生まれた家のバルコニーをめざす亀のように何度も何度も故郷をめざせ

生まれた家のバルコニーをめざす亀のように何度も何度も故郷をめざせ
すると、あいつがどこに向かっていたかがわかるよ

きみはきみ自身の赦しの子羊なのか？

ぼくがいいたいのはこういうことさ。きみは自分自身を赦せるのか／犠牲者がなければどんな犯罪でも？

自伝（銀貨のように磨け）

ぼくはテキサス州バーズの共同墓地に立っている。
ジュディはなんていったっけ？「神に見放された場所もいいわね」
顔に癌がある、とても年とった
墓守りの男がまるで（銀貨を磨くような）手付きで
墓を熊手でならしている。

老人の脇には年老いた犬。暑い日だ。華氏一〇五度。
テキサス州西部の共同墓地なんかでぼくは
なにをしているのだ？　老人もぼくのことを怪しんでいる。
ぼくの存在はすでに老人の熊手かきの一部となってしまった。
　わかってるさ、
老人はまたぼくも磨いているのだ。

自伝（月が死んだ車庫のように輝くとき）

月が死んだ車庫のように輝くとき、
ぼくはガソリンの幽霊たちと旅する、一九三九年に、
27年型モデルAに乗って、時速数マイルで走った、過去の
幽霊たちの土地を通って、忘れていた土地へ向かう。

＊モデルAは、モデルTのつぎに生産したもので、大量生産システム（いわゆるフォードシステム）によって廉価に生産したため、圧倒的成功を収めた。一九三一年生産中止。

自伝（じゃあね、ウルトラ・ヴァイオレット）

サンフランシスコで電話が鳴る、

　「こちら、ウルトラ・ヴァイオレット」

ぼくが知っているのは彼女が
映画女優だということだけ。

彼女はぼくと話したいのだ。

彼女はすてきな声をしている。

ぼくらはしばらくおしゃべりをする。

そのあと彼女はどこかへ出かけなければならない。

　「じゃあね」

＊ウルトラ・ヴァイオレットは、二〇〇六年、アメリカで製作されたＳＦ映画『ウルトラ・ヴァイオレット』のヒロインだ。

男がふたり車から降りる

男がふたり車から降りる。
そして車の脇に立っている。ふたりは
ほかにどうしたらいいかわからないのだ。

軍馬

馬が放牧地にぽつんと立っている。
だけどだれもその姿を見ることができない。
馬は自分の姿を見えなくしてしまったのだ、
負傷した傷によって。
ぼくには馬(かれ)の気持ちがよくわかる。

ぼくらは出合う。ぼくらはいろいろやってみる。なんにも起こらない、だけど

ぼくらは出合う。ぼくらはいろいろやってみる。なんにも起こらない、
　だけど、
それ以来、ぼくらは会うといつもたがいに
ばつのわるい思いをする。ぼくらは視線をそらすのだ。

突然訪れた無垢(むく)のように清らかな日々に

突然訪れた無垢のように清らかな日々には
ぼくらは見るのだ、空中のパンチ
カードに印された聖人たちやその先導者たちの姿を。

彼らは心から楽しんでいるよ

彼らは心から楽しんでいるよ、
　ワインを何盃もお代わりし
好きなことについて
　しゃべっているのだから。

蒸気式テニスコートのような罰当たりな幽霊たちが

蒸気式テニスコートのような罰当たりな幽霊たちが
ぼくの非在の果樹園の林檎の木々を訪れるんだ。
覚えているよ、九月の暖かい夜になると
みみずたちが出てきて月明かりのまんなかで踊りを
踊るんだよ。

モンタナ財産目録

時速八十五マイルで走る車のフロントガラスに
サフランの花びらのように飛び散った虫一匹
とスピードで鞣(なめ)されたその虫の上にひろがる青空にうかんだ
　白い雲一片。

あなたはぼんやりとしかぼくのことを思い出さないだろう
（リルケに）

あなたはぼんやりとしかぼくを思い出さないだろう
現像中の写真のように、
生きている間ずうっと。あなたは一度もぼくに
会ったことがないとしても、ぼくはあなたのことを
夢に見てきたのだ。間もなく朝がくる、夢は
終わる。

気づくことは何かを失うことだ

気づくことは何かを失うことだ。
ぼくは考える、恐らく死者を悼むときでさえも、
このことに気づくために失ったものについて。

チャールズ・アトラスへのオマージュ

白昼夢はきみの精神を鍛える
一秒かそこら、見えない筋肉を鍛えるように。
それからついた筋肉はどこかへ行って、まったく
　忘れられてしまう。

＊チャールズ・アトラス（一八九三〜一九七二）は、イタリア生まれの米国のボディビルダー。世界一の肉体美の持ち主を謳い文句に、ボディビル王国を築いた。

万事休す

ぼくは心をこめてこんにちはといった、
だけど彼女はもっと心をこめて
　さようならといったのさ。

掘ったばかりの墓穴のように妙に若々しく

掘ったばかりの墓穴のように妙に若々しく
一日が独楽のようにくるくると同じ場所を練り歩く、
その影に降る雨と一緒に。

モーニング・コーヒーの真横で

ささっとこの詩を書き終え上げたら、　朝の
コーヒーをのもう。
そこで問題。　ぼくはきょう一日を
始めたいと思っているのか、
　　この詩で？

ベン

今晩、ぼくはオークランドに電話をかける。電話は八回か九回鳴るが、だれもいない。ベンはオークランド市郊外の野原に駐車した自分のトレーラーにはいない。

きみが顔を出す必要

世界中でいちばん顔を出したくないのに
顔を出さなければならない日って
あるよね、映画みたいだな。だってその会は
きみが目玉なのだ。

恐怖からきみは一人ぼっちになるだろう

恐怖からきみは一人ぼっちになるだろう、
きみはいろんなことをする、
だけどどれもぜんぜんきみらしくない。

アルバート・アインシュタイン（あるいは
光は、旧式の言い方で
五、〇〇〇光年離れた蟹星雲から
毎秒三七二、〇〇〇マイルの速さで
やってくるのだ
ということを初めて読んで

ぼくらはみな数マイル失っているのだ。

＊近年、光年という単位に代わって、パーセクが使用されている。
一パーセクは三〇兆八、六〇〇億キロメートルほどで、三、二五九
光年に等しい。

愛から

九月三日
（ウィリアム・カーロス・ウィリアムズ博士に関する勘違い）

昨夜はひどい不眠症に襲われて
過去、現在、未来とこまごまと
　考えを思いめぐらせた。
たとえば。おお、糞、ぼくらは実にさまざまな気分を味わうのだ！
それからぼくはその日がウィリアム・カーロス・ウィリアムズ
博士の誕生日だったのを思い出して夜明け近くまでずっと
　気分よくすごした。

〈付記〉
九月三日はウィリアム・カーロス・ウィリアムズ博士の誕生日
ではない。ガールフレンドの
誕生日だ。
ウィリアム・カーロス・ウィリアムズ博士は
一八八三年九月十七日に生まれたのだった。
おもしろい勘違いだな。

＊ウィリアム・カーロス・ウィリアムズ（一八八三〜一九六三）は、二十世紀のアメリカ詩を代表する詩人。ニュージャージー州の田舎町ラザフォードで小児科として生涯を過ごす。その間、三〇〇〇人の赤児を取り上げた。多忙の医師の傍ら、多くの詩や散文を書いた。代表作『パターソン』はジム・ジャームッシュの手によって映画化された。

灯台

信号を送りながら、ぼくらは触れる、
体と体を寄せ合って横になる、
　　波と波のように。
ごろりと転がってきみのなかへ、そして
蝋燭の明かり越しに
見下ろしながらいう、
「ヘイ、ぼくはきみをファックしてるんだぜ」

ぼくらのすることはみんな関係がある

彼の髪にさわる彼女の手のことを
　　思っただけで
ぼくは吐き気がする。

なにが起こったのか？

きみはハイスクール一九二七年度卒業生の
なかではナンバーワンの
美人だった。

いま、きみはショートカットのブルーヘアで
だれもきみを愛していない、
きみが産んだ子供たちさえも。

子供たちはきみが近くにいるだけで嫌な顔をする、
いらいらするというのだ。

ゆっくりきみをその気にさせよう

ゆっくりきみをその気にさせよう、
まるで夢のなかでピクニックを
しているような気持ちに。
蟻なんかいないよ。
　雨なんか降らないさ。

出来損いの天使のようにわが身を守りながら

出来損いの天使のようにわが身を守りながら
彼女はふたたび恋に落ちる。破局に終わるさだめの恋に。
それがいつも彼女らしいやり方なのだ。うれしいよ、
　彼女の恋の相手がぼくでなくて。

ここに素敵なものがある

ここに素敵なものがある。
きみがほしがるようなものはぼくには
　ほとんど残っていない。
それはきみの掌のなかで初めて色づく。
それはきみがふれることで初めて形となる。

一続きの階段（フライト）のように機械的で

一続きの階段のように機械的で、
一続きの階段のように生真面目だったので、
二人がお互いの存在に気づいたのは
　何年も顔を合わせたあとだった。

ぼくらは十一時のニュースだった

ぼくらは十一時のニュースだった、
ぼくらが愛し合っている間、
ぼくら以外の世界は地獄にころげ落ちていたからだ。

簡単な挨拶をすることを思っただけで

簡単な挨拶をすることを思っただけで
　きみは泣き疲れて寝入り始めるし、
彼女はいったいどこにいるのだと
　疑い始めるのだ。

性的事故

きみの妻となり
きみの子供たちの母親となり
さらにはきみの人生の終焉となった
当の性的事故が、家にいて
きみの友だちみんなのためにディナーをつくっているよ。

ビジネス

彼が死んで、妻には
ガソリン・スタンド三軒と倉庫一棟残した。
愛人にはスーパーマーケットを二軒残した。

フライド・ポテトのようにファックしてよ

あたしの糞ったれ人生の最高に
やばくてハングリーな朝には
フライド・ポテトのようにファックしてよ。

鴉(からす)に花を

きみにはきみの友だちがいる。
ぼくにはぼくの。

セクション3から

きみはあそこに行ったこと、あるの？

きみを見ただけで
ぼくが愚かな質問をしてきたことわかったよ。
奴らがトラブルを起こし、トンズラしたようだな。
話題を変えよう。

電話会社の門の前のアッティラ大王

会社の話では
わしの電話は
六時までに
　　回復すると。
会社は保証したのだ
　　それを。

＊アッティラ大王（四〇六?〜四五三）は、五世紀、遊牧民のフン族の大王としてロシアから東ヨーロッパ、ドイツまでを征服し、一大帝国を築き上げた。軽装騎兵の勇猛果敢な戦いぶりで恐れられた。

アメリア・イアハートのパンケーキ

ついに見つからなかった、このタイトルにふさわしい
詩が。それを求めて
幾星霜、ことここに至ってはもう
　あきらめたよ。

一九七〇年十一月三日

＊アメリア・イアハート（一八九七－一九三七年）は、アメリカの女性飛行家。女性として初めて大西洋単独飛行に成功。一九三七年、世界一周に挑戦中、太平洋上を飛行中にニューギニア島沖で消息を絶った。

そんなことは聞きたくないね

そんなことは聞きたくないね。
ほかの奴に話しなよ。
彼らならきみのことを理解して、きみの気分も
よくなるよ。

ぼくらはキッチンにいる

ぼくらはキッチンにいる、
所はニューメキシコ州のサンタ・フェ。
ベーコンを炒めているんだ。
ベーコンはきみの好きな名画の
登場人物のような匂いがする。
美しい女性がそのベーコンを
じっと見ている。

最後の驚き

最後の驚きというのはもはやなにも
きみを驚かすことはないとわかったとき
じわじわとやってくるものさ。

再編された鴉の快楽のために

再編された鴉の快楽のために
ぼくは自分の内部の闇を集める、　盲目の灯台の
影を集めるように。

アリゾナ州トゥーソンの蛾

友人がアリゾナ州トゥーソンからぼくに
電話をかけてくる。彼は不幸せなのだ。
彼はサンフランシスコのだれかと
　　話がしたいのだ。
ぼくらはしばらくおしゃべりをする。彼は
部屋に蛾が一匹いるという話をする。
　彼がいうには、「陰気な奴さ」。

針のような死

酔っぱらった道化師の息からつくられた
針のような死が
きみの影に○○の影を縫い付けるんだよ
(二語判読不能。最初、この詩は手書きで
書いたのだ)。

タイムマシンのヒロイン

彼女が十五歳のときに「二十歳ならば
禿頭の男たちとベッドに行くことが
好きになるだろうね」といったとしたら
彼女はきみのことをきわめて抽象的な男だと思っただろうね。

《秘密》をひとつ知るには秘密がひとつ必要だ

《秘密》をひとつ知るには秘密がひとつ必要だ。
そこできみは互い知っている秘密をふたつ持つことになる
　きみがいつも望んでいたものだ、このふたつの秘密は
　パジャマを着て互いに見ながら立っているというわけさ。

自由意志をもった流砂

今朝(けさ)、ぼくは「サンフランシスコ・クロニクル」紙を読んだ、
まるで自由意志をもった流砂に足を
　踏み入れていって
ニュースが靴の上を流れていくのを見ているような気がしたよ。
　春の四十四日以上の日をともなって、ね。

アメリカ
ケント・ステート
一九七〇年五月七日

＊ケント・ステートはオハイオ州ケントにあるケント・ステート大学の略称。
＊「サンフランシスコ・クロニクル」はサンフランシスコで発行されている朝刊紙。一八六五年の創刊以来、一貫して共和党を支持。

多士済々、愛すべき人々

パート1

マクシーン

どんなパーティも
きみがいなくては
かんぺきではない。

みんな
そのことはご存知さ。

パーティは
きみの到着を待って
始まる。

パート2　ロボット

ロボットはねむってすごすのが好きだ、
長くて気怠い夏の日の午後を。
彼の友人たちも同様で、
太陽はブリキ缶と同じように
彼らには反射しない。

パート3 フレッドはアイススケート靴を一足買った

フレッドはアイススケート靴を一足買った。
二十年前のことさ。
彼はまだそれを持っているけれどもう二度と
スケートをしない。

パート4

カルヴィンは海星(ひとで)に耳を傾ける

カルヴィンは海星に耳を傾ける。
彼は潮留まりに横になると
慎重に彼らに耳を傾ける、
　服を着たまま
　びしょ濡れになって。
だけど彼はほんとうに海星に耳を傾けているのかしらん?

パート5

リズは鏡の自分を見つめる

彼女はすっかり落ち込んでしまった。
きょうはなにもかもうまくいかなかったのだ、
それで彼女は鏡に映った自分を
信じないことにする。

パート6　ドリス

今朝（けさ）、ドアを
ノックする者が
あった。きみは返事をした。
そこにはあの郵便配達人が
立っていた。彼はきみの頬を
ひっぱたいた。

パート7　ジンジャー

彼女はご満悦だ。
てのはビルが
自分を好いてくれるから。

パート8 ヴィッキーは死者たちとねむる

ヴィッキーは森のなかで
死者たちとねむる、だけど朝にはいつも
髪をとかす。
彼女の両親は娘の気持ちがわからない。
そして彼女も両親の気持ちがわからない。
両親は理解しようと努める。彼女も努める。
死者たちも努める。いつの日かみんな
　うまくいくことだろう。

パート9　ベティのつくるワッフルはワンダフル

それには
みんな賛成だ。

パート10

クローディア　1923-1970

彼女の母親はいまなお健在で
　六十五歳。
彼女の祖母はいまなお健在で
　八十六歳。
「あたしの家系は
長生きなのよ！」
　　――クローディアはいつもそういっていたっけ、
　笑いながら。

ほんとにびっくりしたね、
彼女が死んだときは。

パート11　ウォルター

毎晩、眠りに落ちる直前
ウォルターは咳込む。他人とひとつの部屋で
寝たことがないので、彼は思っているのだ、
だれもが眠りに落ちる直前には
　咳込むものだ、と。それが彼の世界なのさ。

パート12

モーガン

モーガンはハイスクールを二年でやめた、
一九三一年の大統領選挙のときだ。
彼はその出来事から二度と立ち直れなかった。
その後、彼はもう大衆に少しも関心を
持たなかった。大衆は頼りにならなかった。

彼は三十年以上
同じ工場で夜警として働いてきた。
深夜、彼はおし黙った機械の間を歩いていく。
機械たちが自分の友だちでみんな自分が大好きなのだ
というふりをする。彼らだったらおれのために一票を
　投じてくれただろうな。

パート13

モーリー

モーリーは怖くて屋根裏部屋へ入っていけない、
彼女は恐れているのだ、そこへ上がっていって
二十年前にいつも着ていた服が入った箱を見たら、
泣き出してしまうことを。

パート14 「ああ、よさそうだね！」

サムのお気に入りの台詞は「ああ、よさそうだね！」、会話のたびに少なくとも三回か四回はいうんだ。サムは十二歳。

彼がその台詞を口にするときなにをいっているのかはだれにもわからない。ときにそのことがみんなをいらいらさせるのだ。

詩五篇から

1／忘れられた事物の曲線（カーヴ）

事物は消滅するまでゆっくりと
曲線（カーヴ）を描いて視界から消える。あとには
曲線（カーヴ）だけが
残っている。

2／ぬりたてのペンキ

葬儀屋の前を通るとき、なぜだろう
ぬりたてのペンキの匂いを思い出し
胃のなかの匂いを感じるのは？
　とても食べる気はしない。

4／七年間の不幸の影

他人の顔の余りものでつくられた顔には
鏡の欠片を寄せ集めた鏡が必要だ。

モンタナ、一九七三年から

数秒間

生きて物を考えるにはあまりにも短い時間の
うちの適量をまさに
ぼくはこの蝶に費やしたのだった。

九月三日
モンタナ州パインクリークの
温暖な午後

あれは申し訳なかった

東は東、西は西、
両者は永遠に相まみえず……
——ラドヤード・キプリング

待っている……
アブサロカス山脈
(アブーソアルーカウセとかつて発音された)
待っている……
雪／美しい／山々
暖かい秋の太陽が応えてくれる
ここ谷底で
待っている……

モンタナ、一九七三年から

ボーズマンからくるレンタカーを
初めて飛行機に乗ったという日本の
女性をモンタナのぼくの小屋に
運んでくれる
予定だ。

九月三日

*アブサロカス山脈は、モンタナ州南部とワイオミング州北部にまたがる、ロッキー山脈の一部。最高峰のフランクス峰は、四、〇〇九メートル。
*ボーズマンは、モンタナ州南部の都市。人口二、一六四五人(一九八〇年代)。

追伸

経験というものにどんな価値があるのかは
だれにもわからない

経験というものにどんな価値があるのかはだれにもわからない、
だけどなにもしないでただじっとすわっているよりはましさ、
ぼくはいつも自分にそう言い聞かせているんだ。

訳者あとがき

突然訪れた天使の日――訳者あとがき

ジャック・ケルアックの娘のジャン・ケルアックの小説『トレインソング』（新宿書房）をよんでいたら、突然、リチャード・ブローティガンがでてきた。すなわち、朝主人公たちがアムステルダムのホテルの食堂のテーブルに食欲もなくすわっていると、「突然、とても異様な風体の人間が姿を現した」のだ。その男は、「上背こそあるものの、なぜか体の造りが未完成な感じを与える、巨大な少年のような男で、太鼓腹の上にモンタナという文字がでかでかと記された真っ赤なTシャツを着こみ……ブロンドでひげをはやし……ひどくおどおどしている。一見してアメリカ人とわかるこの男はわたしたちの隣のテーブルにつくと、ウイスキーのことで何かぶつぶついい、手に顔をうずめた。いい、いい、いっても飛行機疲れがいちばんこたえてるんだろう、とわたしにはすぐピンときた」。

いうまでもなく、この男こそリチャード・ブローティガンで、アムステルダムで開催されるポエトリー・フェスティバルによばれてきたのだった。そして、アムステルダムのフェスティバルにやってきたブローティガンはどうなったか？　少し長くなるが、同書からひくとつぎのようなのだ。

リチャード・ブローティガンは会場の中にいて、まだ酒を飲んでいた。朗読前の三日間で、六クォートものウイスキーをあびたにちがいない。わたしは彼が騒いでいるところを目にし、とても痛々しい思いがした――それはパパに対して感じた痛々しさと似ていなくもない。朗読が予定されていた時間には飲みすぎて逆にずっかりしらふになっていたが、思うにきっと内心ではびくびくしていたのだろう。（中略）

彼の話は最初から最後までアリに関するものだった。ある日本人の葬式に訪れた参列者の黒靴の下を命がけで進んでいく黒アリだ。ブローティガンはザクザク進む靴底に踏みつけられないよう、間一髪逃れるアリの話を静かに、陰うつに続ける。聴衆は話に釘づけだった。パンクスが耳の安全ピンをパチンと止める音だってきくことができるだろう。それから五分後、彼は何の予告もなしに話をやめた。

「**もっと話を続けろ！**」聴衆がわめく。彼らはさまざまなアクセントの声をそろえて「**ブローティガン**」の名を何度もくりかえし呼ぶ。彼らは怒り狂い、もっと彼の姿を拝み、もっと話を聞きたがった。ブローティガンはおとなしく彼らに謝罪する。狭い肩をすくめ、これ以上話を用意していないといった。そしてあとから思いついたように、これ以上朗読を続けていたら、自分の葬式でアリにうろちょろされた日本人はきっと侮辱されたように思っただろうと説明し、また日本人は簡潔なもの、俳句のように短くてさっぱりしたものを好むと話して立ち去った。

わたしがリチャード・ブローティガン……うかがいしれないたくさんのトラウマを抱えこんだこの奇妙でやさしい人に会ったのは、これが最初で最後だった。一年後、モンタナのリビングストンの山小屋でピストル自殺した彼の死体が発見された。(千葉茂隆訳)

ここにでてくる日本人とは寺山修司のことで、一九八三年から五月九日、東京青山斎場で行なわれた葬儀に参列したブローティガンは、かれを悼んで「夜に流れる河」という詩をかいた(「朝日新聞」一九八三年六月六日夕刊)。そのなかに「私たちは多すぎて/中へ入る前に外で/待たねばならなかった/照りつける陽差の下で〃夜に流れる河/のように動いてゆく/沢山の人々の沈黙/こんな静かな場所は/初めてだ〃あんまり静かだったので/私は見た　一匹の黒い蛾が/前に並ぶ一人の男の靴の下に/はいこんでゆくのを〃蟻は右足の靴の/踵と底の間を/通りぬけていった〃黒い葬式の靴は/蟻の上にかかる/真夜中の橋のよう　それから/

蟻は男の／両脚の間にさしかかり／いっとき動きをやめた／もしすぐに動き出したら／あの黒蟻は自分の葬式に／参列することになるだろう」（谷川俊太郎訳）という詩行があるので、まちがいなく、アムステルダムのブローティガンがした蟻の話は寺山修司の葬儀のときのことだとわかる。そして、アムステルダムにおけるブローティガンの挿話はかれの性格をよく物語っているようにおもう。

引用したジャン・ケルアックの文章にもあるように、一九八四年十月二五日、モンタナのコテージでブローティガンの死体が発見された。死後、一カ月たっていたという。自殺とみられている。晩年は、酒びたりの毎日だったという話だ。

そこでかれの自殺の原因についていろいろ憶測がなされているようだが、わたしにはわからない。わたしがもれきいているのはかれが一人暮らしだったこと、アルコーリックだったこと、あまりかいていなかったことぐらいだ。

それにしても、アメリカというのは詩人にとって（小説家にとっても）生きにくい社会らしい。ちょっとかんがえただけでも、メキシコ湾にとびこんで死んだハート・クレイン、ガス・オーブンに頭をつっこんで死んだシルヴィア・プラス、川にとびこんで（？）死んだジョン・ベリマンなど、自殺した詩人がすくなくない（自殺というとアーネスト・ヘミングウェイをおもいだすが、かれの場合はちょっとちがうとおもう。わたしが知りえた範囲では、あれはあきらかに初老性鬱病だ。そのヘミングウェイが長男にこういったという話はなんとも皮肉だ。すなわち、「坊主、一つだけ俺に約束してくれ。俺もお前に約束するからな。お前も俺も絶対にお前のお祖父さんがやったみたいに、自分を撃って自殺などしないってことだ。そう俺に約束してくれ。俺もお前に約束しよう。」これはジャック・H・N・ヘミングウェイ／沼澤洽治訳『青春は川の中に』（TBSブリタニカ）にでている話である。ちなみに、ヘミングウェイは、父だけでなく、弟も妹も自殺し、さらにジャックの母方の祖父も父方の祖父も自殺した。その上、ヘミングウェイの晩年の恋人だったアドリアーナ・イヴァンチークも自殺した）。

ブローティガンが死んだとき、『タイム』だったか、『ニューズウィーク』だったか、わすれたけど、かれのことを〝low-keyed writer〟（控え目な作家）とかいた。それで思いついて、わたしは「リチャード・ブローティガンの家のドアの鍵穴の位置についていて」という、こんな詩をかいた。

サンフランシスコのブローティガンの家の前に立つ人は、荒涼とした気分にとらわれるかもしれないね。

なにしろ、庭は荒れ放題。芝生はあちこち剥げ、みみずばれのような車の轍が何本も走っている。木らしいものといえば、ガレージの横に梨の木がみすぼらしく立っているだけで、なぜかその木の根元には掘りかけの穴があって、さびたスコップが放り出してある。その上、あふれた郵便物がポストの支柱のまわりに犬の糞のようにうずたかく積もっている。……こうした風景はさして珍しいものではないかもしれない。そして、わたしの関心もそこにはない。

わたしは暮れから正月にかけてずっとブローティガンの詩集を読んですごしたのだが、じつはかれの家のドアの鍵穴のことが気になってなかなか先へ進まなかったんだ。

というのも、ブローティガンの家のドアは鍵穴がノブの所にないのだ。この家を訪ねてきて、何回もドアをノックしても返事がないと、苛立ってドアを蹴飛ばす者もいるが、鍵穴はじつはその爪先の所にあるのである。つまり、その家のドアの鍵穴は床から三十センチほどの高さの所にあるのだ。単なる工事のミスかもしれないが、海象のようなブローティガンが巨体を折って鍵穴に鍵を差し込んでいる姿を想像するのは楽しい。

その家の正面はポーチになっていて、酔っぱらって外出先から帰ってきたブローティガンがポーチの床の板にすわりこみ、ポケットから鍵束をとり出して、鍵穴に鍵を突っ込む姿が目に浮かぶ。だとしたら、それはきわめて人間工学的な設計だといわねばならない。そして、そのことを直接本人に確かめようと思っていた矢先にブローティガンは唐突にエアメールのとどかない所へいってしまって……。

奇異に聞こえるかもしれないけれど、ブローティガンの家のドアはかれの文学そのもののような気がするのだ。すなわち、声高に自分の思想を述べることを厭い、むしろ言葉自身をして物語らせた詩人・作家、リチャード・ブローティガンには低い位置の鍵穴がふさわしいとわたしは思うのである。

考えてみると、〝low-keyed〟という評語はなるほどブローティガンの文学をうまくいいあてているようにおもう。かれの小説にでてくるのは反時代的というよりもみな時代にとりのこされたような人物たちだ。反社会的というよりも社会からおちこぼれたような人間たちだ。しかも、きわめてやさしいひとびとなのだ。わたしの考えでは、アメリカの社会はやはりマッチョの社会であって、ブローティガンの小説にでてくるような存在はいかにも生きづらいような気がする。やはり、ヘミングウェイがもてはやされる風土なのだ。ヘミングウェイの長男のジャック・H・N・ヘミングウェイは父親のことを「老いるということを直視し得なかった人だった」といってるけど（前掲書）、老いるということはマッチョの消失を意味し、そのこととかれの自殺とは関係があるとわたしはおもう。かれもマッチョの犠牲者だといえるかもしれない。

わたしがいいたいのは、アメリカという風土ではブローティガンのやさしい声はとかく他の騒々しい声にかき消されがちで、よほど注意して耳をかたむけないときとれなかったのではないかということなのだ。

*

「詩人にとって伝記は無用だ」(ルネ・シャール)という意見もあるけれど、わたしはかならずしもそうはおもわないね。

ブローティガンについては、まだ伝記の類もでていないのでくわしいことはわからないが、わかっている範囲で紹介すると——。

リチャード・ブローティガンは一九三五年一月三十日、ワシントン州のタコマで生まれた。家は貧しかったようで、「一九三九年」という詩に「ボードレールがよくぼくらの家へやってきて/ぼくがコーヒーをひくのを/見ていたっけ。/それは一九三九年のことで/ぼくらはタコマの/スラムに住んでいた。」とかいた。
十七、八歳のころ、日本の俳句——とくに芭蕉と一茶——をよんで、感銘を受けた。

その後、いろんな職業を転々とし、一九五八年、二十三歳のとき、サンフランシスコにで、以来、そこにすんだ。そして、禅やビート・ジェネレーションの影響を受けた。アメリカの詩人や作家は大学の創作科でまなぶというのが一般的で、ブローティガンのようなケースはむしろめずらしいんじゃないかな、とおもう。

さて、ブローティガンは一九六五年に『ビッグサーの南軍将軍』という小説をだして注目をあび、つづいて四十七篇のスケッチやエピソードを集めた、風変わりな小説『アメリカの鱒釣り』を出版して、作家としての地位を確立した。これは、鱒釣りという行為をとおしてアメリカの夢の挫折をえがいたもので、『ウォールデン』のソローの伝統につながる作品だとおもう。

あとで紹介するように、ブローティガンは十一冊の小説と九冊の詩集をのこして死んだわけだけど、それが多いのか少ないのか、わたしにはわからない。

かれの本は十五カ国語に翻訳され、とりわけわが国では藤本和子氏の手で早くから紹介され、多くの読者を獲得した。「それはぼくを鼓舞し、森のなかをひっそりと歩くシンリンオオカミのようなぼくの孤独な書き方を励ましてくれる」とかれはかいた。かれの本は本国では絶版になっているものが多く、むしろわが国の方が読者は多いかもしれない。そして、かれ自身日本が好きで、晩年はたびたび来日し、あちこちのバーや居酒屋に出没したようだ。わたしも一度会う機会があったのだけど、ついに会わず仕舞いに終ってしまった。

本書は、"LOADING MERCURY WITH A PITCHFORK"(1976, Simon and Schuster)からわたしの好みで71篇を選んで訳出したものである。ブローティガンの詩については、とくに説明を要さないとおもうが、その眼目はごらんのように発想や言葉のおもしろさ、つまりウィットにある。このウィットは俳諧に非常に近い感じがする。ひょっとしたら、ブローティガンは〝HAIKU〟を詩でかいていたのかもしれない、という気がすることもある。とすると、たとえば、一番目の「熊手でもって積み上げた……」なんて、こんなふうに訳す方法もあるな、とおもったりもした。

夏草やトラックのきてとまる　無老亭里茶堂

最後に、リチャード・ブローティガンの著書を紹介しておこう。

〈小説〉
Trout Fishing in America 藤本和子訳『アメリカの鱒釣り』晶文社
A Confederate General from Big Sur 藤本和子訳『ビッグサーの南軍将軍』河出書房

新社
In Watermelon Sugar 藤本和子訳『西瓜糖の日々』河出書房新社
The Abortion : An Historical Romance 1966 青木日出夫訳『愛のゆくえ』新潮文庫
The Hawkline Monster : A Gothic Western　藤本和子訳『ホークライン家の怪物』晶文社
Willard and His Bowling Trophies : A Perverse Mystery
Sombrero Fallout:A Japanese Novel 藤本和子訳『ソンブレロ落下す　ある日本小説』晶文社
Dreaming of Babylon : A Private Eye Novel 1942 藤本和子訳『バビロンを夢見て　私立探偵小説　一九四二年』新潮社
The Tokyo-Montana Express 藤本和子訳『東京モンタナ急行』晶文社
So the Wind Won't Blow It All Away 松本淳訳『ハンバーガー殺人事件』晶文社

〈詩集〉
The Galilee Hitch-Hiker
Lay the Marble Tea
The Octopus Frontier

All Watched Over by Machines of Loving Grace
Please Plant This Book
The Pill Versus the Springhill Mine Disaster 水橋晋訳『ピル対スプリングヒル鉱山事故』沖積舎／池澤夏樹訳『チャイナタウンからの葉書』サンリオ
Rommel Drives on Deep into Egypt
Loading Mercury with a Pitchfork 本書
June 30th, June 30th

〈短篇集〉
Revenge of the Lawn 藤本和子訳『芝生の復讐』晶文社

このように、ブローティガンの小説は藤本和子氏訳でほとんどよむことができる。また、詩の翻訳も三冊でていて、その気になれば、簡単に手に入る。

一九九〇年十一月二十二日午前四時

中上哲夫

ここに素敵なものがある——訳者あとがき

まず断っておきたいのは、本書は米国の詩人・作家の Richard Brautigan（一九三五〜一九八五）の詩集『LOADING MERCURY WITH A PITCHFORK』（一九七六）の翻訳で、かつて『突然訪れた天使の日』のタイトルで別の出版社から出したものをタイトルも新たに出版したものであること。

ただタイトルを変えたことにとどまらず、この機会に訳文も新たに全面的に訳し直し、改めた。で、新訳といっても差し支えないと思う。ややこしい話で申し訳ないけど、タイトルを変更した所以である。

その間、なんと三十年。三十年というのは、単純なことではない。実に長い。生まれたばかりの赤ん坊が三十歳の青年になる時間だ（当たり前だ）。ブローティガンの詩句は一字一句往時と変わらないけれども、時代も社会も大きく変わった。なによりも訳者自身が大きく変わった。ただ単に髪が薄くなり、しわやしみがふえたというだけではない。さまざまな場所に赴き、大勢の人に会い、たくさんの物を見、ふれて、食べ、種々雑多な経験を積んだ。人生経験だ。それが、人間や社会、ひいては文学への読解力を深めるということも大いにありうるだろう。たとえわたしのように能天気に生きている人間においても。

もうひとつ。大きな変化は、それまで断片的にしか知られていなかったブローティガンの生い立ちや暮らしが少しずつ見えてきたことだ。

一九三五年、ブローティガンはワシントン州のタコマに生まれた（ほとんどシアトルに近い北の方だ）。感情的に不安定な母親、父親のいない家庭で。ときに暴力的な継父が現れたりした。九歳のリチャードと四歳の妹をホテルに残して、母親がどこかへ行ってしまうようなこともあった。その後、モンタナ州のグレート・フィールズに移り、さらにオレゴン州のユージンに移った。「貧困。経済恐慌の貧困。幾人もの継父。子ども時代は苦難にみちていた」（藤本和子『リチャード・ブローティガン』）。ユージンで高校を卒業すると、いくつかの仕事に就いた。そして、一九五一年、二十一歳になったブローティガンは、ユージンからヒッチハイクでサンフランシスコへ出る（調べてみると、その距離は七百五十キロメートルある）。雨のオレゴンから陽光のサンフランシスコへ。ジャック・ケルアック、アレン・ギンズバーグ、ゲーリー・スナイダーなど、ビート・ジェネレーションの詩人・作家が集まっていたサンフランシスコへ。そして、テグラフ・ヒルに住み着く。彼自身、当時をふり返ってこう言っている。「その頃（一九五〇年代から六〇年代）のアメリカは食べることに困らない時代だった。生活のためにエネルギーを使って疲れることのないイージーな時代さ。例えば私はサンフランシスコに住んでいたんだけど、テレグラフ・ヒルのアパートメントが月に25ドルとか30ドル。パートタイムの仕事で一日4時間位、たまに働けば充分に生活ができる訳で、テレグラフ・ヒルに住める位のね。イタリアン・レストランで食事をして、6種類のコースで1ガロン赤ワインを飲んで二人で1ドル45セントだ。（略）パートタイムの仕事もいくらでもあったしね。2か月働いてすぐやめて町を離れる。町にいることもあるけどね。3か月暮らせる」（景山民夫『ONE FINE MESS』）。そういう時代と社会を背景にして、ブローティガンは執筆を本格化し始める。

文学者は作品がすべてであって、伝記などいらないという意見もある。だけど、とくに外国の詩人・作家の場合、大雑把にでも伝記的事実を知っていると理解が深まるようなことがあるとわたしは思う。ブローティガンのような自伝的な物書きの場合は、作者に関する知識があった方がずっといい。彼のユーモアやペーソス、アイロニーがどこからきたかも見えてくるのではないかと思うからだ。

ブローティガンは一九六七年に出版した『アメリカの鱒釣り』の成功で一躍ヒッピー・カルチャーのヒーローになる（二〇〇万部以上売れたという）。各地の大学から朗読や創作講座に呼ばれるようになった。「ぼくも大学に行くようになったわけだな」（前掲書）。だけど、『アメリカの鱒釣り』でヒッピーの導師となったブローティガンも、ヒッピー・ムーブメントが去ると、あまり読まれなくなっていった。次第に忘れられた存在になっていった。ただ日本とフランスは例外で、引き続き人気があった。晩年、何度も日本を訪れたのもそんなわけがあった。

ブローティガンのような詩は、アメリカでは珍しい。とくに短いものは断片的という批判があるだろう。英米では、詩とはまとまった内容をもったものだという考えがあるからだ。だけど俳句という文芸を持つわたしたちには違和感はない。むしろ、ながたらしい現代詩よりも親しみやすい。彼の孤独、失意、悔恨、悲嘆、憤怒、感傷、空想、希望、冗談から生まれた言葉たちをたっぷり味わってほしい。

中上哲夫

二〇二二年十一月十六日　東京・町田

ここに素敵なものがある

2023年1月25日　初版発行
2024年6月1日　2刷発行

著者　リチャード・ブローティガン
訳者　中上哲夫
ブックデザイン　鈴木成一デザイン室
カバービジュアル　高橋昭子
発行者　北尾修一
発行所　株式会社百万年書房
〒150-0002 東京都渋谷区渋谷3-26-17-301
tel 080-3578-3502
http://www.millionyearsbookstore.com
印刷・製本　中央精版印刷株式会社

ISBN978-4-910053-34-9